내 마음 항상 그곳에

내 마음 항상 그곳에

조 양 우 시집

동산문학사

시집을 내면서…

대체적으로 사람의 본성은 바뀌지 않는다는 쪽이 우세하지만, 우리가 흔히 사람을 평가하면서, '사람은 바뀌지 않아'라고도 하고, '그 사람 많이 변했데'라고도 한다.

인간의 본성은 항상 일정하며 변하지 않는다는 '심리학적 고정주의'가 있는가 하면, 인간의 본성은 고정되었거나 얼어붙은 것이 아니라 일생에 걸쳐 변화한다는 '심리학적 유동주의'도 있다. 다시 말해 태어나는 순간 지능이 정해져서 절대로 변하지 않는다는 입장과 지능이 유전적 원인으로만 결정되는 것이 아니라 영양이나 교육 측면에서 새로운 선택이나 습관이 반영되는 결과라는 입장이 대립되는 것이다.

지능이나 외향성 등 심리를 이루는 요소는 유전적인 것이 강하다고 생각한다. 그러나 그것은 '수준'의 문제이지 고정적인 것은 아니며, 경험이나 환경 그리고 습관과 같은 비유전적 요인도 상당히 작용할 수 있다고 생각한다. 그래서 '얼마나 똑똑하냐' 보다는 '얼마나 똑똑해질 수 있느냐'가 더 중요하고, 이와 같은 심리적 유동주의를 따르는 것이 개인의 발전을 위해 중요하다고 생각한다.

'공감과 표현은 타고난 능력이 아니라 기술이다'라는 말처럼 지금까지 살아온 길을 되돌아보고 이름 모를 풀숲에 흘려놓은 눈물과 기쁨을 찾아 나의 흔적을 수습하려 노력하는 과정에서 문학에 발을 들여놓게 되었다. 문학적인 수사보다는 일상에서 오는 삶의 정서를 담아 써보려고 노력하고 계절에 따라 변화하는 자연의 섭리에 눈과 귀를 기울이다 보니 계절이 바뀌고 시상이 흘러 원초적인 본능과 연결되어 나름 한 권의 결과물을 내놓게 되었다.

　아직 詩같지도 않은 그저 그런 낙서라는 생각이 들고 투박하지만 詩集이라는 이름으로 정리하여 우리 가족과 지인들에게 바친다.

2022년 가을

學岩 조양우

1부

운주사 가면

운주사 가면

운주사 돌다보면
기다란 목 빼어 들고 하늘 보려는 듯
빨갛게 화장한 꽃무릇도
봄바람에 흔들리며
예쁘게 손짓하는 홍단풍도
눈길 한번 주지 않고

별을 보며 땅을 업고 누운
운주사 미륵 와불
천년만년 변함없이
인간사 근심 · 걱정 털어주고

도솔천 칠성바위에
욕심 많은 소원성취 빌려다
부끄러워 말 못하니
깨달음이 깊었나 보다.

영흥도

서해 바다 갯내음
코끝에 내려앉은
쑥 향기 가득한
예쁜 카페에서

차창으로 새어든
솔향 가득 안고
시린 손 마주 잡은
그대가 있어

마주 앉은 이 곳이
세상에서 제일인
파라다이스
이러한 날 또 있을까.

칼국수

썰물에 밀려 나간
영홍도 풍차 마을

정성껏 반죽하여
전복이랑 가리비랑
섞어 만든 칼국수

시원한 국물로
시린 속 달래니

눈에 든 풍광이
막힌 가슴 뚫었다.

티티카카 호수

볼리비아
코파카바나
티티카카

바다 같은 호수
태양의 섬 태양의 아들
망코 카팍 잉카 통치자

티티카카 태양의 딸
마마 오크요

바다 같은 호수에
만들어진 갈대 섬

불편함에도 편안함을 주는
잉카제국.

여행은

긴~기다림 속에 가는
여행
떠나면서 설레는
여행

눈으로 보며 느끼는
여행
돌아온 길에 또 떠날
여행을 생각하는 여행

여행이라는 단어는
다음이 있을
설렘의 단어.

마추픽추

잃어버린 도시
남아메리카 페루

해발고도 2,450m
잉카제국
마추픽추

상상을 초월한
잉카인들의 용맹한
함성 소리

와이나픽추
젊은 봉우리 올라가

마추픽추
오래된 봉우리
바라보니

부귀영화 일장춘몽
역사로 남아있네.

그곳으로 간다

나는 바다로 간다
그곳에 바다가 있기에
거기로 간다

나는 바다로 간다
거친 파도가 있어서
그곳으로 간다

나는 바다로 간다
갈매기 춤이 있어
바다로 간다

나는 바다가 좋아서
그곳으로 간다.

동해 바다

푸른 바다 그리워서
양양으로 갔었지

거친 파도. 보고 싶어
바다 정원 갔었지

눈보라 세찬 바람
물보라 거친 파도

그 바다 보고 싶어
동해 바다 갔었지.

도갑사

월출산 비탈길에
의사둠벙 쳐다보고

수박 등 고개 넘어
남산골 지나면

도갑사 해탈문
사천왕 대웅전

거북바위 잔디밭에
소풍와서 놀던 생각
아련히도 스쳐가네.

바다 1

한 손에 수경 들고
오리발 옆에 끼고

공기통 짊어지고
카메라 목에 걸고

바닷속 비경 찾아드니
춤추는 연산호 위로

이름 모를 물고기는
나를 보고 모여드네.

세상 끝 등대

아르헨티나
도시 우수아이아
핀 델문도

지구 끝 마지막 등대
에클레어 등대

유명 연예인처럼
화려하지도 않고

겉치레도 없는
에클레어 등대
본연에 모습 그대로

더는 갈 곳 없는
에클레어 등대

지구 끝 밝혀 주고
세상 끝 밝혀 주네.

도갑사 꽃무릇 2

예쁜 단풍 덮고 나니
눈꽃이불 덮어 주네

토끼에게 밟힐까
노루에게 들킬까 봐
조심조심 하늘 보고

빨간 노을빛에 물들어
붉은빛 화장하고

애타게 기다리는
내 임 소식 목 빼고 기다리고

비바람에 꺾일까
붉은 화장 지워질까

기다림에 지쳐
발갛게 멍든 가슴
꽃무릇 잠이 드네.

권주가 1

술 한 잔 드시게
얼굴이 빨갛게
물들어도 좋고

비가 와서 한 잔
바람 불어 한 잔
기분 좋아 한 잔

술 한 잔 드시게
달이 있어 한 잔
별이 좋아 한 잔

소주라도 좋고
막걸리도 좋네

술 한 잔 드시게
술 취한들 어쩌고
실수하고 넘어 저도
무엇이 문제인가.

권주가 2

친구 술 한 잔 드시게
얼굴이 단풍처럼 빨갛게
물들어도 좋고

비가 오니까 한잔
바람 불어서 한잔
기분이 좋아서 또 한잔

친구 술 한 잔 드시게
달빛이 있고
별빛 또한 좋아서 한잔

소주라도 좋고
막걸리도 좋네.
술 한 잔 드시게

술 취한들 어쩌고
실수하고 넘어 저도
무엇이 문제인가
친구 술 한잔하시게.

고향

회사정 굽이 돌아
상대포 사연 담고

돛단배 바람 타고
상대포 떠난 길에

백암동 흰떡바위
하얀 옷 벗어놓고

돌아올 수 있다 하던
변함없는 흰떡바위

기다리다 지친 여인
흰떡바위 만큼이나
깊은 사연 쌓여가고

흘린 눈물 굽이굽이
강물이 되네.

내 고향 1

월출산 고개 돌아
호동재 넘어가면

백 년 된 벚나무가
하얀 꽃 휘날리고

뒷 냇가 송사리 떼
맑은 물에 노닐고

국사암 비둘기는
회사정 굽이돌아

주지봉 골짜기로
한없이 날아가네.

내 고향 2

내 고향 구림鳩林에는
비둘기 날아가고

우리 동네 학암學巖은
언중言重 학청산學淸山이라

살기 좋은 내 고향
꿈에서도 보이네.

내 고향 3

가을바람 끝에 매달려
높은 하늘 뭉게구름
두둥실 날리고

아낙네 미소 속에
떨어질 듯 매달려있는 밤톨도

가을비 맞고 떨어진
낙엽은 도랑물에 흘러가고

누런 황소 앞세우고
밭갈이하는 늙은 농부는
누룩 내 난 술 한 잔에 시름을 달래며

오직 자식 키우는 희생으로
대가 없이 살다 간 어머니 애잔함이
가슴을 적신다.

뒷동산

내 고향 뒷동산
지서 꼬지

진달래 만개하고
아지랑이 피는 날

양지바른 지서 꼬지
언덕 위에 올라앉자

나뭇가지 불을 지펴
고구마 구워 먹고

재미난 불장난에
눈썹 태우고

얼굴에 숯검정으로
화장을 하고

화랑 성냥 가진 친구
창선이가 대장이라

숯검정 분칠하고
눈썹은 태웠어도
뒷동산 그 시절이 너무 그립다.

내 고향은

월출산 기슭
양지바른 곳
구림鳩林입니다.

비둘기 많아서
비둘기 '구(鳩)'
숲이 아름다워
수풀 '림(林)'

그리고
학암學巖마을입니다

말과 행동을
바위처럼 무겁게
배워야 한다고

학암學巖마을입니다.

천하장사

월출산 정기 받아
힘으로 저장하고

영산강 물 마시어
맑은 피 수혈하니

기찬 정기 힘으로
천하장사 등극하였으니

황소 타고 영암으로
금의환향하리라.

게으른 달

지금쯤 보름달은
월출산 천왕봉에

서호강 달빛 밝혀
애타게 기다리는

몽해 여인 가슴에 떠
내 님 찾아오시는 길

길 잃어 못 오실까
노심초사하는데

게으른 보름달은
월출산 천왕봉에
뜨질 않아서

기다리는 몽해 여인
가슴만 태우네.

내 마음 항상 그곳에

내 마음 항상 그곳에
머물러 있습니다

내 가슴 항상 그곳에
머물러 있습니다

내 사랑 항상 그곳에
머물러 있습니다

당신이 떠나가도
내 마음 내 가슴
당신 사랑까지도

처음과 같이 그곳에
항상
머물러 있습니다.

2부

설레는 날

나는 당신에게

나는 당신에게 누구인가요,
나는 당신을 사랑할
자격이 있나요

나는 당신에게
사랑받을 자격이 있는가요.

사랑은
주고받는 것이 아니고
무조건 주는 사랑이
진정한 사랑이 아닌가요.

사랑은

사랑은 태양처럼 뜨겁고
오로라처럼 우리를
춤추게 하며

사랑은 은하수처럼 우아하고
별빛처럼 아름답다

사랑은 설렘의 바탕이고
설렘은 사랑한다는
새벽종 소리다.

첫겨울

사랑하기
딱 좋은 날
눈보라가 몰아치고
세찬 바람이 불어도

사랑하기
딱 좋은 날
거친 파도가 있고
갯내음 있어 더욱 좋다

사랑하기
딱 좋은 날
예쁜 카페에서
커피 향에 취하리라

이런 날엔
따뜻한 가슴으로
뜨거운 사랑으로
당신에게 다가서리라.

그리움

그리움이 눈송이처럼
하얗게 내려오면
하늘을 봅니다

그리움이 이슬처럼
내려오면 초록색 돋아나는
새싹을 봅니다

그리움이 파도처럼
밀려오면 내 가슴을
어루만집니다

그래도
그리움이 밀려오면
먼 산을 바라봅니다.

오늘

오늘이 하루만 더
오늘이면 좋겠다

오늘은 좋은 날

오늘이 하루만 더
오늘이면 좋겠다

오늘은 즐거운 날

오늘이 하루만 더
오늘로 있으면 참 좋겠다.

나의 종교

하늘에는 하느님이
계시지만

땅에는 사랑하는
당신이 있습니다

그러니
난 참 행복합니다.

설레는 날

내일을 기다리는
오늘은 설레는 날

내일을 그려보는
오늘은 상상 속에
그림을 그리는 날

내일이 오늘이 되면
설렘은 현실이 되고

무지개다리 건너
꽃피는 미지의 세계
가슴 다독이며 나는 간다.

훔치고 싶다

훔치고 싶다
당신의 마음을
아무도 모르게
당신의 가슴을

훔치고 싶다
당신의 사랑을
들키면 어때
당신의 가슴인데

알면 어때
당신의 사랑인데
알아도 들켜도
우리 둘 사랑인데.

나뭇잎

세찬 눈보라 견디던
내 임 향한 내 마음

따뜻한 봄바람에
초록 잎 피어나
내 임의 쉼터 되고

떠나간 당신 마음
내 가슴 멍이 들어

멍든 잎 시린 잎
지친 잎도 다 떨어져
바람에 휘날리네.

안개에게

내 마음 당신에게
들키지 않도록
안개 속에 가려 주소서

양손에 들고 있는 꽃다발
보이지 않도록 안개 속에
꼭꼭 숨겨 주소서

안개 걷히고 태양이
환하게 떠오르면

내 마음과 꽃다발
당신에게 들키도록
환하게 비춰 주소서.

눈꽃

하늘에서 내려오는
한 송이 하얀 꽃

하얀 꽃 눈송이
양손에 받아 들고

사랑하는 내 님에게
한 아름 주고 싶어

내 사랑 식을까 봐
내 마음 녹을까 봐

가슴에 품어 안고
내 님에게 드리리라.

사랑은 진정

정말 서로 사랑한다면
서로 갈 길을 가도록
열어 주어야 한다.

사랑하는 사람에게
배려하지 못하면
헤어지기 마련이다

사랑하는 사람과
같이 살면서도
생각이 다르다고
탓하지 말아라

생각이 다르다고
방향이 다르다고
사랑하는 마음마저
다른 것은 아니다.

식어 버린 내 마음

식어 버린 내 마음을
화롯불에 데울까요

냉기 찬 내 마음을
장작불에 데울까요

찬바람에 식어 버린
내 가슴을 사랑으로
데울까요

비바람 불어와도
눈보라 닥쳐와도

식어 버린 내 마음 데울 것은
사랑밖에 없나 싶네요.

사랑이란

사랑은
기쁨을 주면서
슬픔도 주지요

사랑은
희망을 주면서
절망도 주지요

사랑은
마음에 상처도 주고
치유도 하지요

사랑의 힘은
태산도 가볍다고 하고

천릿길도
지척이지요.

떠난 사랑

사랑이 사랑에게
사랑이 무엇이냐고
묻는다면

사랑에게 사랑이
있는데 왜 떠나는
사랑인가

사랑하며 떠난 사랑
슬픔 많은 사랑

사랑하며 헤어진 사랑
가슴 아픈 사랑.

첫사랑

하늘에 태양만큼이나
뜨겁게
산 너어 무지개만큼이나
따뜻하게

밤하늘 은하수만큼이나
화려하게
해 질 녘 노을만큼이나
곱게

뜨겁고 곱게
가슴 속에 있는 사랑
첫사랑.

첫사랑 2

밤하늘에 떠 있는
별만큼이나

정동진 해수욕장
모래만큼이나

동해 바다처럼
넓은 가슴으로

사랑했던 첫사랑.

당신은

가장 행복해야 할
사람입니다

사랑도 웃음도
즐거움도

맛있는 음식도
예쁜 옷도

세상에 모든 것을 다
주어도 아깝지 않은
사람이 당신입니다.

사랑에 빠지면

사랑에 빠지면
가슴이 두근거리고
마음이 예뻐지고
고와지지요

사랑에 빠지면
얼굴이 예뻐지고
미소가 가시지 않지요

사랑에 빠지면
삶이 즐겁고
늘 행복하고
그 사랑에 빠지면
모든 것이 아름답지요.

선물

사랑하는 내 님에게
별을 따다 주려고
애쓰지 말아라

하늘에 달을 따다
내 님에게 주려고
애쓰지 말아라

달과 별은 내 님의
마음속에 있는 것

행복과 사랑도
마음속에 있기에

그 마음 찾아서
사랑하는 마음을
내 님에게 선물하라.

사계절 사랑

겨울이 사랑이라면
따뜻한 내 가슴을
당신에게 드리리.

봄이 사랑이라면
하얀 목련꽃 꺾어다
당신 머리에 꽂아 주고

여름이 사랑이라면
시큼한 땀 냄새를
장미꽃 향기로 다가가고

가을이 사랑이라면
풍성한 오곡 백화
당신에게 모두 드리겠어요.

내 마음

내 마음 울적합니다
울적한 마음 그대로 놔두세요

내 기분 꿀꿀 합니다
그 기분 그대로 놔두세요

그리고 돌아서서
기다리세요

우울한 마음도
꿀꿀한 기분도

내 마음이 변하여
처음 그 자리에
돌아옵니다

돌아온 내 마음 그 자리에
사랑을 심어보세요
사랑이 변하면 그리움 되고
그리움이 변하면 눈물이 됩니다.

나에게 사랑하는 사람이 생기면

당신에 이름을
큰 소리로 부를 것입니다

봄날에는
진달래꽃 개나리꽃 한 아름 꺾어다
당신 가슴에 안겨드릴 것입니다

비바람 거친 파도 당신과 함께라면
무섭지 않다고 말할 것입니다

비 오는 날이면 우산을 받쳐주고
찬 바람이 불면 내 체온으로
당신을 따뜻하게 덥혀 줄 것입니다

그리고
당신에게 영원히 사랑한다
말할 것입니다
당신을 사랑합니다.

눈꺼풀이 내려오면

천근만근 눈꺼풀이
내려오면 그리운 님
보이려나.

눈꺼풀이 무겁게
내려오면 옛 친구
보이려나.

눈꺼풀이 가볍게
내려오면 보일까
아름다운 풍경들

또다시
눈꺼풀이 내려오면
어두움 속에
고요함만 깃드네.

인연

사람과 사랑이
인연이고

사람과의 기쁨도
인연이며

사람과의 슬픔도
인연이라

사람과 사랑
사람과 기쁨
사람과 슬픔

사람으로 맺은
사람과 사람 사이
얽혀있는 업보랍니다.

눈물

초저녁에
떨어지며 흘러내린 눈물은
내 님 그리워 흘러내린
눈물이고

한밤에
떨어지며 흘러내린 눈물은
내 님 만나 기쁨에 흘러내린
눈물이며

새벽에
흘러내린 눈물은
내 님과 헤어지기 싫어
흘러내린 눈물이다.

가만두지 않겠다

거친 파도
밀려와도
사랑하는 당신을
가만두지 않겠다

비바람
닥쳐와도
사랑하는 당신을
가만두지 않겠다

눈보라
몰아쳐도
사랑하는 당신을
가만두지 않겠다

당신 향한 사랑을
내 마음 깊은 곳에
꼭꼭 숨겨두고
나만 간직하고 싶다.

나 정도면

나 정도면 좀
괜찮은 것
아닙니까!
멋있어 보이지
않습니까

나 정도면 좀
당신을
유혹할 수 있는 것
아닙니까!
멋있고 예쁜 카페로
초대할 수 있는 남자
아닙니까?

나 정도면
괜찮은 남자지요.

당신도 그러신가요

잎이 떨어지고
앙상한 나뭇가지
볼 때면

외로움이 밀려와
당신이
그리워집니다

당신도 그러신가요

이슬비라도 내리면
당신을 가슴에 안고

조용한 산길
걷다보면 당신의
목소리 들려옵니다

당신도 그러신가요

밤하늘 달을 보면
당신 모습 생각나고
보고 싶어집니다

당신도 그러신가요.

3부

당신을 만나서

내 사랑 딸

내 어찌 널 하늘에서
가져왔는데
내 어찌 걸음마를
가르치고 사랑하였는데

이제 넌 날 떠나
사랑 찾아 간다고 하니
노심초사 텅 빈 마음
서운하구나

가거든 행복해야 한다
가거든
가끔은 소식이나 전해 주고.

순희야

순희야 너는 참
순수하고 인심 좋다

있다고 모두 주지 말고
조금은 남겨 두어야지

예쁜 손 갈라지고
상추밭 시금치밭
그 고생하면서도

싫은 내색 하지 않고
오는 사람 반기면서

먹일 만치 먹이고도
가는 사람 양손에다

검은 봉지 들려주는
그 마음이 예쁘구나.

나의 길

난
당신을 만나
결혼하였습니다

그런 후
예쁜 딸과
씩씩한 아들이
태어났습니다

그런 다음
나에게는 큰
의무감이 생기고

아버지로서 가야 할
큰길이 생겼습니다

아무리 힘들어도 그 길을
갈 것입니다

나는 지금
그 길을 걷고 있습니다.

십이월이 오면

십이월이 오면
난 백일 사진을 봅니다

아들이라서 보란 듯이
찍은 포르노 사진입니다

세상에 태어난 달
십이월이 오면
돌 사진을 봅니다.
보여줄 것은 없지만

아들에게
사진을 보여줍니다
아빠
이 아이는 누구예요

아들아
사진 속 이 아이 누구를
닮았느냐

아빠 백일 사진 찍을 때
너는 볼 수도 없었지만
아빠도 기억할 수 없구나.

아버지

허 ~ 엄
헛기침 소리 지금도
귀가에 들려옵니다.

아버지
자전거 핑갱 소리
지금도 들려옵니다.

빠른 걸음 재촉하시던
거친 숨소리
지금도 들려옵니다.

세월 지나 생각하니
헛기침 핑갱 소리
거친 숨소리

한 번쯤 더 듣고 싶어
그리움만
더 합니다.

엄~마 그리고 어머니

엄마라는 단어는
눈물입니다

보고 싶어요
어디에 계세요
지금 난
엄마 나이가 되었어요

엄마 말씀 생각납니다.
나도 네 자식 예쁘듯
나도 널 그렇게
귀하게 키웠단다

엄마 그곳에서도
그렇게 좋아하신 꽃밭은 있나요

다음 세상에도 날 아들로
낳아 주실 거죠
울 엄마 사랑합니다.

아침

눈을 뜨고 천장을
바라볼 수 있어서
감사합니다

눈을 뜨고
살포시 자고 있는
임을 볼 수 있어
감사합니다

눈을 뜨고
아침 햇살 푸른 나무
이름 모를 작은 새들
볼 수 있어 감사합니다

오늘 아침 푸른 하늘
좋은 세상 볼 수 있어
정말 감사합니다.

나옥희

나는 부족해도
나는 못났어도

옥처럼 깨끗하고
수정처럼 맑은 영혼

희고 맑고 밝은
당신에게

한 아름 사랑을
한 아름 기쁨을
한 아름 장미꽃을

안겨드릴게요.

하늘이 주신 선물

달과 함께 주신 선물
손녀 수아

별과 함께 주신 선물
손자 수호

달처럼 수아
별처럼 수호

하늘이 주신 선물
달과 별과 함께 온

세상에 가장 큰 선물
손녀 손자 수아 수호.

손자 수호

너 참 예쁘구나
너 참 귀엽구나

이 세상 어디에
있었느냐

달나라 방앗간에
금도끼 방아 찧고

별나라 수정궁에서
예쁘게 분칠하고

할배 품 안으로
사뿐히 날아와서

이리도 예쁘니
이리도 귀여우니

할배는 감사하게
널 안고 잠이 든다.

복실이

너와 함께 인연으로
십육 년 살았지만

가슴속에 남아있는
너에 모습 너의 얼굴

날 버리고 떠난 네가
왜 그렇게 야속한가

양지바른 너의 묘에
이름 모를 예쁜 꽃이
아름답게 피어 있구나

그곳 세상 좋은 곳에
좋은 주인 만나거든
소식이나 전해 주렴.

덕순이

덕남 마을 시집와서
낯설고 어미 생각

초라한 집 한 채
설움에 목이 멘데

물 한 컵, 밥 한술
내가 오면 그렇게
반가웁더냐

미안하기 그지없다
다음 세상 태어나서

하늘 멀리 날 수 있는
자유로운 새가 되어
너와 함께 날아 보자.

당신을 만나서

당신과 같이 인생길
함께 걸을 수 있어
행복합니다

봄바람에 꽃길을 함께
걸을 수 있어 즐겁고

한여름 흘린 땀 닦아주며
그늘 찾아 쉴 수 있어
감사합니다

가을은 가을대로
겨울은 겨울대로
필요한 것 챙겨주니
고마운 사람입니다.

겨울에 태어난 당신

겨울에 태어난
당신은

눈처럼 깨끗하고
수정처럼 맑고

무지개처럼
아름답고

봄바람처럼 따뜻한
나에 사랑

겨울에 태어난
당신입니다.

아들아

아빠 아들로
와줘서 고맙다

네가 태어난 날
유난스럽게
매미 울고 더웠지

이제는 결혼하여
아들딸 낳았으니

아비로서 가야 할
큰 길이 생겼구나

살아가는 이 세상
녹녹하지 않지만

아비로서 책임을
다하고 행복한
가정 이루어라.

내 딸 며느리

어디에서 살았느냐
무얼 하고 살았느냐

예쁘고 웃음 많은 꽃으로
나비처럼 날라 와서

하나도 아닌 둘~ 셋으로
예쁘고 건강한
손자 손녀 낳아

시 아비 품에 안겨줘서
고맙기 그지없다

우리 가족 다 함께
손자 손녀도 건강하고

웃으면서 행복하게
오래오래 살자꾸나.

어제보다 더

오늘은 어제보다 더
당신이 보고 싶습니다

어제는 비가 왔지만
오늘은 바람 불어

어제보다 더
당신이 그립습니다

어제보다 더
그리움이 짙어 가면

높은 하늘 구름 되어
당신 곁으로 가렵니다.

연리지 사랑

뿌리로 얽혀서 몰래
한 사랑이라
부끄러워 말 못 하고

서로 다른 향기로
바람결로 유혹하니

단풍잎에 가려진
연리지 사랑을
꼭꼭 숨겨 두련마는

가을 단풍 떨어지니
연리지 진한 사랑
눈에 보이네.

나는 어쩌라고

나는 어쩌라고
봄인가 했더니 겨울이라
세월은 봇물 터지듯
쏜살같이 흘러가느냐

나는 어쩌라고
마음은 청춘인데
걸음은 느려지고
주름살만 느느냐

이 친구 저 친구
이름도 잊혀지는데
그래도 고맙구나
손자 손녀 내게 와서
재롱 한 짐 부려 놓으니.

내 별

어머니가
하늘에 수많은
별 중에 갖고 싶은
별을 선택하라고
말씀하셨다

하느님에게
별을 사서 나에게
주겠다고 하신다

하늘에 수많은 별들 중
삼태성 가운데 빛난 별을
갖고 싶었다

별 셋 중 가장 크고
빛난 별을 어머니가 사주셨다

삼태성 가운데 반짝반짝
빛난 별은 지금도 내 별이다

밤하늘 별을 보면 그리운
엄마가 생각난다.

동지 팥죽

동지 팥죽 하얀 새알
화산 같은 붉은 물에

둥글둥글 모여 앉아
설탕 가루 둘러쓰고

하얀 눈썹 막아내고
무병장수 비는구나!

5월의 감사

감사합니다
더는 바라지도 않겠습니다

저를 낳아 주고
길러 준 것만으로도
감사합니다

고맙다
내 아들로
태어나 준 것만으로도
고맙다

고맙습니다
나에게
시집와 함께 살아 주어서
고맙습니다

감사합니다
우리 가족 행복할 수
있어 감사합니다.

설날

흰떡 하얀 국물
묵은 때 씻어 내고
나이 한 살 더 먹는 날

가는 세월 붙잡고 싶지만
잡을 수도 없는 날
즐겁지만 즐거울 수
없는 날

하얀 눈 내리는 순백의 계절에
하얀 떡국 먹으며
그냥 그렇게 늙지 않고
싶은 날.

으뜸 마루

으뜸은 최고이고
마루는 정상이라

으뜸에 둥지 틀고
마루에 올라서니

그 얼굴 빛나고
그 이름 날리네

당신은 마루에서
으뜸으로 빛나리.

아침 편지

아침에 눈을 뜨면
높은 하늘 맑은 공기

바람 소리 새소리
들려오는 아침에

오늘 아침 당신에게
문안 편지 보냅니다.

4부

정년퇴임 다음날

정년퇴임 다음날 1

때르릉 때르릉 목청껏
아침 일찍 자명종이
나를 깨운다

삼십 년 넘게 들어온
매일 그 시간 자명종 소리
때르릉 때르릉

오늘부터 울지 마라
일어나서 갈 곳 없어
새벽 시간 필요 없다

자고 있어도
누워있어도
일어나지 않아도 괜찮아

오늘부터 울지 마라
시원하고 섭섭하지만
낼 아침에 또
그 소리 기다릴지 모르지만

오늘 아침 갈 곳이 없어도
오늘부터 새롭게 시작한다
정년퇴임 다음 날.

정년퇴임 다음날 2

아침 일찍 자명종이
울린다

삼십 년 넘게 들어온
자명종 소리

오늘부턴
새벽 시간 필요 없다

자고 있어도
그냥
일어나지 않아도

오늘부턴
시원섭섭하지만 그냥 있거라

새벽 시간 여유롭게
오늘부터 시작이다.

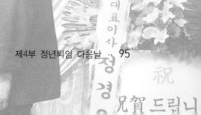

정년퇴임

정년퇴임하고 보니
아침 시간 필요 없고
여유로운 아침이라

노는 방법 서툴러서
심심하기 그지없고
여기저기 둘러봐도
작은 몸 둘 곳 없네

어린 시절 방학 숙제
일과표를 작성하고
절약하고 노는 방법
머리 짜고 생각해도

지갑 없이 놀다 보면
이 친구 저 친구 불러 봐도
놀아줄 친구 하나 없더라.

전원주택

푸른 산 곁에 두고
반딧불이 친구삼아
맑은 공기 마셔 보고

덕남 마을 터 잡아
별자리 찾아서
아담한 집 지었지만

야생화 꽃구경 보다
이름 모를 잡풀들이
지심으로 자랐으니

웬만해선 못살아
흙 속에 묻혔으니
허리 펴기도 힘들더라.

귀향살이

대쪽 같은 위엄은 사라지고
헛기침마저 줄어드니
탐나라 귀향살이 실감 나고

탐나라 사람들은
태어나서 지금까지
귀향살이 삶이라니

귀향살이 타향살이
마음먹기에 달려 있는
생각에 차이더라.

커피 꽃말

커피는
육체적이고
정열적인 에로스 사랑

커피는
동료적이고
우정이 깊은 필리아
사랑

커피는
순수하고 정신적인
플라토닉 사랑

커피는
조건 없는 희생적
아가페 사랑

커피는 온 세상을
다 품은 사랑.

커피 1

혼자 마신 커피 맛과
둘이 마신 커피 맛은
무엇이 다를까

뜨거운 커피 맛과
차가운 커피 맛은
무엇이 다를까

혼자 마신 커피는
기다림에 쓴맛

둘이 마신 커피 맛은
애정의 사랑 맛

뜨거운 커피 맛은
열정에 커피 맛

차가운 커피 맛은
토라진 매운맛

코끝에 커피 향은
영원한 사랑이어라.

커피 2

꽃도 아닌 것이
꽃으로 피고

앵두도 아닌 것이
앵두같이

콩도 아닌 것이
콩처럼

꽃인 듯
과일인 듯

커피는 익어가며
향기로 유혹하네.

커피 3

검붉은 바다에
코끝을 담그고

칠흑 같은 바다에
입술을 적시고

용광로처럼 뜨거운
커피잔을 두 손으로 모아

마시다보면
향기롭기 그지없지.

커피 4

어두움이 진한 바다
바람도 한 점 없고

잔잔한 암흑 바다
파도도 없이

바다에 비친 얼굴
희미하게 보이네.

살포시 두 손으로
검은 바다 들고서

그 향기가 좋아서
커피를 마신다.

덕남 마을

망바우 능선 아래
베틀바우 전설로
400여 년 전통 마을

당산 할매 정기로
덕남 마을이란다

천룡 할배 힘으로
둔택 마을 있었지

당산 할매 천룡 할배
정기와 힘으로
덕남 둔택 평온하단다.

애인이 생겼어요

나는
일본산은 싫어하지만
일본에서 물 건너왔어요.

계급은 별 넷 대장급입니다.
총알은 하얀색
목표를 공략하는데
조금 더 정교해졌어요.

한 타 한 타가 얼마나
중요한지 골퍼는
알 것입니다.

새로 생긴 애인과
항상 함께할 겁니다.

저녁

나는 저녁이 좋다
조용하기에
나는 저녁이 좋다

많은 생각을 할 수도 있고
혼자서 책을 읽을 수
있어서도 그렇다

나는 저녁이 좋다
그래서
저녁이 참 좋다.

대화

왜 이리 답답할까
알만한 친구인데

왜 이리 답답할까
벽보고 대화한 듯

왜 이리 답답할까
대화가 되지 않네

왜 이리 답답할까
이 친구는.

아침 인사

좋은 아침입니다
좋은 하루 보내십시오

아침 식사하셨습니까
일찍 일어나셨습니다

이른 새벽 일어나서
밝은 세상 보고 나니
기분 좋은 아침 인사.

세월

세월이 흘러가며
두 눈에 보인 것은

책장에 수많은 책
식탁에 예쁜 화병

세월 지나 바라보니
두 눈에 보이는 건
건강식품

또 한세월 지나 보니
관절약 혈압약

식탁에 보이는 건
수많은 약병뿐이라니.

이발소

백운동 이발소
오십 년이 됐단다

빨간색 동맥
파란색 정맥
하얀색 붕대
빙빙 돌며 날 반기네

하얀색 가운 할아버지
안경 너머 빗질하니

예쁜 모습 단정하여
어디론가 가고 싶네.

골프공

혼자서는
구를 수도 움직일 수도

눈도 없고
귀도 없고

쇠막대기 하나로
운명 가른 골프공

기쁨과 좌절을
분홍색 공 하얀색 공에 담고

홀컵 향해 날아가네.

슬픔

사랑하는 사람도
좋아하는 친구도

존경하는 선배도
함께했던 후배도

그 얼굴과 그 이름
기억조차 없다네.

슬픔이야 한없지만
바람처럼 사라지고
빈자리만 남아있네!

고독도 행복이란다

텅 빈 공간 나 홀로
외롭기는 하지만

그 누구도 나와 함께
이야기할 수 없지만

적막 속에 고요함이
왜 이렇게 행복할까.

옛 친구

솔 향기 그리워서
솔밭에 드러누워

옛 추억 그리면서
먼 하늘 쳐다보네

옛 친구 불러 봐도
구름처럼 무심하고

어렴풋한 흔적마저
지워진 지 오래다네.

애썼다 고생했다

지금껏 참느라
애썼다

지금껏 참아 줘서
고생했다

한 번 더 참아야지
한 번 더 애써야지

코로나 물리치고
좋은 날 올 때까지

애썼다 고생했다
두 손 마주할 때까지.

술 한 잔

술 한 잔에 기쁨을
친구와 웃음으로

술 한 잔에 슬픔을
친구와 눈물로

너와 나의 술 한 잔에
반백 년의 추억들이
어제처럼 달려있고

너와 나의 술 한 잔에
기쁨과 슬픔이
출렁이고 있구나

술 한 잔에 옛 추억이
어제처럼 생생하니

친구야 오늘도
한 잔 술에 취해 보자.

가끔씩

가끔씩 술 한 잔이
생각날 때가 있다

푸른 바다가 보이고
파도 소리 들릴 때

봄바람 불어오고
옛 추억이 그리울 때

단풍잎 떨어져서
바람에 날릴 때도

눈보라 칼바람
비바람 불어올 때면
가끔은
술 한 잔에 취하고 싶다.

술 못 마시면 어때

술 마실 줄 알아야
술 마시는가

옛 추억을 술처럼
마시면 되지

술 못 마시면 어때
술처럼
파전 먹으면 되지

술 못 마시면 어때
술처럼 물
마시면 되지

추억도 술처럼
파전도 술같이
물도 술처럼

세상을 술처럼
마음으로 마시면
술처럼 취하겠지.

가을이 오는 길목

땡볕 여름 그늘에서
울던 매미 소리 지고

선선한 가을바람
귀뚜라미 울음소리
귓전을 울리니

구름 한 점 없는
가을 하늘 끝이 없구나

들녘에 오곡 백화
풍요롭기 그지없고

고개 숙인 이삭들
바람에 흔들리며

오는 가을 반갑다고
손짓을 하누나

가을이 오는 소리에
풍요로워진 내 마음도
하늘 높이 앉았구나.

1월이 지나면

창밖은
겨울바람 부는데
마음에는
따뜻한 봄바람 불고

창밖에
잎 하나 없는 나목들 을씨년스러운데
내 마음에는
여린 싹이 움트고

계절의 순환은
왜 이리 빨라

창밖에 세월 지나듯
곱던 내 얼굴도
계절 따라 그려진
주름살만 늘어 가네.

5부

여린 새싹이

여린 새싹이

두꺼운 나무껍질
틈새로 바깥세상
구경하는 여린 새싹

바람에 꺾일세라
빗방울에 다칠세라

수줍어 고개 내민
초록색 여린 새싹

자란 잎 그늘 되어
시원한 쉼터 되고

가을엔 단풍으로
아름다움 뽐내더니

겨울 찬바람에
모퉁이 양지 쪽에 모여들어
옛이야기 책을 읽는다.

동백꽃 2

가을비 내리고
겨울이 오면

새색시 볼처럼
붉은 봉오리
터질 것만 같네.

석양빛 노을 받아
새색시 입술처럼
밤새 물들어

새색시 볼처럼
새색시 입술같이
피어오른 동백꽃.

눈송이

바람 따라 날리는
송이송이 하얀 꽃

그 꽃향기 궁금해서
하늘 한번 쳐다보고

내려앉은 꽃송이
입술 위로받았지만

향기는 간 곳 없고
사르르

순식간에 녹아 버린
겨울꽃 하얀 눈송이.

델리케이트 아트

어쩜
이렇게 추상적인
자연이 만든 걸작이 있나

붉은 연어 속살처럼
타오르는 태양처럼
황톳빛 붉은빛

바람이 불어
넘어질까 두렵네.

단풍잎

울긋불긋 단풍잎
빨간 단풍잎
사랑 찾아 멍든 잎
빨간 단풍잎

울긋불긋 단풍잎
노란 단풍잎
부끄러워 물든 잎
노란 단풍잎

울긋불긋 단풍잎
파란 단풍잎
내 님 그리다 지쳐 멍든
파란 단풍잎

바람결에 손짓하는
예쁜 단풍잎
그 바람에 날려서
내 곁으로 날아오네.

양파

한 겹 상처 되어
옷 한번 벗어들면
새로운 얼굴 되고

또 한 번 멍이 들면
한 겹 더 벗고 나면

하얀 속살 부끄러워
어쩔 줄 몰라 하고

또한 겹 벗겨 보니
둘이서 하나 되어
짙은 향기 뿜내네.

봄비 1

봄비라서 좋다
어린 싹 돋아나고
아지랑이 피어올라

봄비 맞은 여인 가슴
사랑하는 님 돌아오면
내 님 따라 봄꽃 찾아

진달래꽃 개나리꽃
한 아름 꺾어다가

내 사랑 님에게
꽃 사랑 드리리라.

겨울꽃

수정처럼 맑은 꽃
거꾸로 얼음꽃

눈 녹아 모여 핀 꽃
거꾸로 수정꽃

처마 끝 매달려서
떨어질까 조마조마

땅 보고 피어 있는
거꾸로 설한꽃

얼음꽃 따다가
칼싸움하던 친구

어디서 무엇을 할까
궁금증에 그립네.

장미

장미에는 많은 가시가
있어 좋습니다.

장미꽃 향기로워
다가서지만

가시에 찔릴까 봐
다가서진 못해요

다가서는 음흉한 손길에는
따끔한 가르침을 주니까요.

새싹

가랑잎 깔고 앉자
새하얀
이불 덮어쓰고

추운 겨울 이겨내
아지랑이 피는 날

바깥세상 구경하다
노루에게 들킬까 봐

노심초사 가슴 졸인
너의 모습 안타깝다.

가끔씩

가끔씩 찾아오는
청설모 길러 보면
어쩔까

가끔 찾아오는
고라니 길러 보면
어쩔까

가끔 찾아오는
우리 집 정원에는

청설모랑 고라니랑
사이좋게 놀고 있네

상추 배추 고라니 것
밤나무는 청설모 것

같이 살 순 없지만
많은 자유 누리면서
눈치 보며 살지 마라.

보리

갈색 씨앗 뿌려 놓고
하얀 이불 덮어 주니

높은 하늘 보고 싶고
맑은 공기 마시려고

어린 초록 새싹
고개 들어 방긋 웃네.

파도 1

파도야, 파도야
어쩜 그리 힘이
좋으냐

파도야, 파도야
어쩜 넌 멀리
갈 수 있느냐

파도야. 파도야
너처럼 멀리
갈 수만 있다면

바다 구경하고 있는
돌고래 친구 되어
바다 세상 구경하고

자유롭게 수영하며
목청 크게 노래하고 싶구나.

파도 2

파도야 넌
목소리 커서 좋겠다.
넓은 가슴 있어
참 좋겠다

파도야 넌
거친 비바람과
세찬 눈보라도
친구라서 참 좋겠다

파도야. 파도야
너의 넓은 가슴으로
이 세상 안아 주렴.

바다 2

파도는
내 마음 깊은 곳에
출렁이는 정열이고
내 마음 깊은 곳에
출렁이는 사랑이라

파도는
내 마음 깊은 곳에
출렁이는 슬픔이며
내 마음 깊은 곳에
출렁이는 기쁨이지요

파도야
정열과 사랑은
희망이 되게 하고
절망과 슬픔은
깨끗하게 지워다오.

冬柏꽃

세찬 눈보라 거친 비바람
맞으며 빨갛게 멍든 당신

푸른 잎 단장하고
수줍어 피지 못한
木柏이라

꽃잎 지고 떨어져서
땅에 핀 꽃
地柏이라

동백꽃 보는 여인
가슴에 피어 있는
心柏이라

木柏이든 地柏이든 젖혀두고
心柏으로만
영원하리라.

눈감고 볼 수 있다

두 눈을 꼭 감아도
나는 볼 수 있다
봄바람 살랑살랑
언덕에 파릇파릇
봄이 오고 있음을

푸른 하늘 뭉게구름
높이 날아 몸짓하는 솔개도
눈을 감고 볼 수 있고
어릴 적 친구하고
자치기 팽이치기 하는
모습도 눈을 감고 볼 수 있다

뒷 냇갈 맑은 물 각시 피리
송사리 때 여유롭게 수영하고
호시탐탐 노리면서
바위에 앉아 있는
두루미도 눈을 감고 볼 수 있다

눈을 떠도 눈 감아도
오직 보이지 않은 것은
사랑하는 마음뿐이다.

태양광

바람 불어도 좋은 날
뭉게구름 있어도
괜찮은 날

햇빛 먹고 달빛 받아
아침부터 저녁까지

가슴 가득 전기 안고
밝은 불빛 뜨거운 물

햇빛 은혜 달빛 은혜
자연에 감사하라.

고드름

하늘 보고 싶지마는
땅을 보고 자란 꽃
하얀 얼음꽃

수정처럼 피는 꽃
하얀 얼음꽃

얼음물 한 방울씩
먹고 자란 겨울꽃
하얀 얼음꽃

언제쯤 키가 커서
땅 짚고 하늘 볼까
오매불망 기다리는 고드름.

첫사랑 같은 계절

첫사랑이 돌아온다
따뜻한 봄바람이

아지랑이 피어올라
봄바람에 날리며

첫사랑이 돌아온다
따뜻한 그림자 되어

초록빛 어린 새싹
바람에 흔들리며

첫사랑이 돌아온다
삼월이 오며 는

첫사랑 같은 계절에
그리움이 쌓여 있는
그곳으로 가고 싶다.

4월에 눈이 온다

하늘에서
하얀 눈이 내려온다

봄바람에 휘날리며
눈이 내린다

한 송이 두 송이
바람길 따라

눈꽃 모아
가슴속에 품어도
녹지 않는 꽃인데

이별이란 꽃말이
어울리지 않구나

시샘이 많아
이별이라 하였는가

꽃잎아. 꽃잎아
나는 너를 사랑한다.

등대

먹물에 물든 바다
별빛 하나 없고

창포물에 물든 바다
파도 하나 없는데

노을빛에 물든 바다
무지갯빛 되고

외로이 서 있는 등대는
누굴 기다리는가

뱃고동 소리에
놀란 등대는
눈만 반짝입니다.

남산골 여름

월출산 계곡 깊은
남산 골짜기
졸졸 흐른 맑은 물에

징검 새우 각시 피리
친구 되어 놀고 있네.

덩굴 사이 영글어 가는
머루하고 으름이랑
얼굴 내밀고

가시 피리 징검 새우
소주병에 담아 들고

찔레 순 꺾어 먹고
한가롭게 놀고 있네.

호박

얼굴이 예쁘다고
피부가 곱다고
말하지 말아라
나는 다 알고 있다

호박꽃도 꽃이지만
굳이 꽃이라고
말하지 말아라
나는 다 알고 있다

얼굴이 못나도
피부가 거칠어도
내 마음속 깊은 곳에
노란색 묻어나는

부드러운 속살과
예쁜 씨앗 품고서
세상밖에 자랑할 날
오매불망 기다린다.

봄비 2

겨우내 언 세상 녹이려고 봄비가
소리 없이 내려요

땅에 온기로 버티며 납작 내려앉아
힘든 겨울을 보낸 봄동은
반가운 봄비에 기지개를 켜고

아지랑이 친구삼아
제비쑥은 미소 띤 얼굴로 봄바람에 살랑거리며

털옷을 벗어버릴 듯 이파리도 없이
고개 내민 목련은 비 맞은 얼굴로
하늘을 쳐다보네

어김없이 찾아온 봄맞이로
두꺼운 옷 벗어놓고
기다림에 지친 마음
봄비에 젖어있네.

상처

말 한마디의 상처는
가슴에 남기고

글 한 줄 상처는
종이에 남으며

나무에 상처는
보는 이 눈에 남네.

에헤야 이 상처
지을 수 있다면

가슴속에 멍든 상처
두 손 모아 쓰다듬고

글 한 줄에 쓰인 상처
지우개로 지워 버려

나무에 남은 상처
세월이 약이라니

아픈 상처 다친 상처
세월 흘러 잊으리라.

인생길 2

백 년도 못살면서
천년을 살 것 같이

근심 걱정 등에 메고
모진 바람맞아가며

잠시 쉬어 가련마는
욕심 많게 가는 네가

왜 이리 측은하냐.
등에 멘 짐 내려놓고

하늘 한번 쳐다보고
우리 잠시 쉬어 가자.

감사하라

감사하라! 그러면
행복합니다
기쁩니다

감사하라! 그러면
따뜻하고
웃게 됩니다

모두에 감사하고
모두를 사랑하면
너도나도 행복합니다.

공기 청정기

이 세상 탁한 공기
네 한 몸 더럽혀

빨간색 경고하고
파란색 좋다 하니

너를 보고 숨 쉬느니
높은 산 올라가서

이 세상 맑은 공기
마음껏 마셔 보는 게 좋은 듯도 싶구나.

6부

나는 벙어리올시다

사람이 무섭다

나는
사람이 무섭다

다정하게 다가와도
웃음으로 다가와도
사람이 무섭다

좋아하는 사람도
사랑하는 사람도

나는
사람이 무섭다

언제인가는 모르지만
떠나갈 사람이라
나는
그게 두렵다.

가장 짧은 시

날
보
고
어
찌
라
고 그러는가.

나는 벙어리올시다

나는 벙어리올시다
할 말은 많지만
말할 수 없는
그런 벙어리올시다

나는 벙어리올시다
당신에게 생각을
말할 수는 있지만
말 못하는
그런 나는 벙어리올시다

나는 벙어리올시다
말과 생각을 행동으로
전할 수는 있지만
말로는 전할 수 없는
그런 벙어리올시다

나는 벙어리올시다
속 시원하게 말하고는 싶지만
말문이 막히니
그런 벙어리올시다

나는 벙어리올시다
정말 바보같은
바보 같은
그런 나는 벙어리올시다.

거짓말

빨간색 거짓말
주황색 거짓말
노란색 거짓말
초록색 거짓말
파란색 거짓말
남색 거짓말
보라색 거짓말

영원히 사랑한다
죽도록 사랑한다
무지갯빛 거짓말.

여기까지만

어지간히 해야
그러다 다친다

어지간히 해야
그러면 화낸다

어지간히 해야
그럼 나간다

어지간히 해야
알았어. 여기까지만.

마음의 문

세상에서 가장 무거운 문은
마음의 문입니다

가장 두꺼운 문도
마음의 문입니다

하지만
가장 가벼운 문도
마음에 문이고

가장 얇은 문도
마음의 문입니다

내 마음도 네 마음도
배려하고 사랑하면

무거운 문은 가벼워지고
두꺼운 문도
얇아집니다.

좋은 아침

감사하는 마음으로
아침을 맞이합니다

감사하는 마음에는
웃음이 있고
미소가 있습니다

감사하는 마음에는
기쁨이 있고
행복이 있습니다

감사하는 가슴에는
뜨거움이 있고
열정이 있습니다

감사하는 마음과
뜨거운 가슴이 있다면

세상이 따뜻하고 밝아집니다.

시인은

한 번 정도는
찐한 사랑 해보고

한 번쯤은
실연도 당해보고

많은 사연으로
가슴 아파하는
친구를 만나도 보고

술에 취해 전봇대에
옷 걸어 놓고
노상 방뇨도 노숙도 해보고

시인은
이처럼
세상 모든 것을 두 눈에 담아
글로 쓰는 것이 시인이라.

웃으며 가자

어차피 힘든 세상
탓하면 뭐 하나
웃으며 가자

화살같이 가는 세월
탓하면 뭐 하나
웃으며 가자

늙어 죽어 가는 길
탓하면 뭐 하나
웃으며 가자

어차피 가는 인생
탓하면 뭐 하나
웃으며 가자

그래
웃으면서 가자.

자격증

갈매기 자유롭게
나르는데 자격증이
필요한가요

푸른 바다 돌고래
높이뛰기 하는데
자격증이 필요하나요

처마 끝에 제비가
집 짓는데
자격증이 필요한가요

이 세상 자유롭게
살아가는 자격증은 없나요.

저승

저승에 와서 보니
죄목별로 배치하는
인사 담당 사자 있네

십 년 만에 만난 친구
인사 담당 사자라니

이승에서 학연·지연
그렇게 싫었는데

혹여나
지연으로 덕 볼까
학연으로 덕 볼까 했더니

이승에서 지은 죄로
죄목별로 간다고 하니

저승으로 오기 전에
좋은 일 많이 하며
아름답게 살다 오소.

제목 없음

보는 것에 배 아프고
질투 나는데

가진 것은 없고
이 일을 어쩔거나

방법이 없다.

주제 파악

변변하지도 못하면서
주제 파악 못하고

고집은 하늘 같고
가진 것도 없으면서

남에 탓만 하고
본인 허물 모른다니

정신 좀 차리시게.
세상은 다 아네
테스 형 생각하소.

미련

나뭇가지 앉은 새가
미련 없이 날아가듯

뱃고동 소리 울리며
미련 없이 배 떠나듯

마지막 남은 잎 새
미련 없이 떨어지듯

미련 없이 가야 될 길
미련 있어 가지 못해

미련으로 기다립니다.

인어 공주

그 누구도 모습을
본 적이 없습니다

누구를 기다리는지
알 수는 없지만

항상 그곳에서
누군가를 기다리고 있습니다

키도 몸무게는 알 수 없지만
항상 예쁜 모습 그대로

그곳에 외로이
앉아 있습니다

반은 여자
반은 물고기라
인어 공주라 부른답니다.

별똥별 2

별이
똥을 싼다면 무슨 색 똥일까

달나라 떡 방앗간에서
토끼에게 쑥떡
얻어먹고

은하수 계수나무
토끼에게 흰떡을
얻어먹어

별똥별 똥은 어떤 색깔일까
쑥떡 흰떡 먹었으니
쑥떡이랑 흰떡이겠지.

관탈도

수평선 먼 곳에
관탈도가 보인다

거친 파도 부디 치고
뭉게구름 흩날리는
한 많은 섬 관탈도

억울한 귀양살이
사연 많고 한이 서린
관탈도에 도착하면

권세 권력 다 버리고
관탈하는 섬 관탈도

대쪽 같은 선비도
탐관오리 선비도

고향으로 돌아갈 날
기약 없이 도착한 섬
관탈도

관탈하고 돌아보니
권세 권력 부귀영화
일장춘몽이더라.

그믐달

새벽 아침 일어나
동쪽 하늘 쳐다보니

잠꾸러기 해님은
일어나지 않는데

무슨 미련 있어서
무슨 사연 있기에

가야 할 길 못 가고
산허리 걸쳐 있는 그믐달은

늦잠 자는
해님이 보이지 않아

보고 싶어 가지 못해
기다리고 있다 하네요.

가장 아름다운 꽃

백만 송이 장미꽃도
일주일 못 가 시들고

꽃처럼 예쁜 얼굴도
평생 갈 수 없으며

가슴속 피는 꽃은
영원하구나

백만 송이
장미 향은 순간뿐이고

마음에 지닌 꽃은
향기로 천년이라네.

기다립니다

가을이 왔다고
가을바람 불지도
않았는데

그냥
가지에 붙어 있지
나뭇잎은 왜 떨어져

겨울이 왔다고
눈보라 치지도
않았는데

그냥
나무에 앉아 있지
둥지는 왜 떠나는가

봄바람 불어오면
바람 타고 오시려나

하늘하늘 아지랑이
타고 오시려나

떠날 수가 없기에
애타는 마음으로
기다립니다.

그리움이

먼바다 끝이 하늘 끝을
만나면 수평선 되고

하늘 끝이 땅끝을
만나면 지평선이고

그리움과 그리움이
만나면 사랑선 되며

수평선 뭉게구름
지평선 아지랑이

지평 수평 만나면
그리움이 사랑 되네.

초밥

주황색 연어 속살
광어랑 우럭이랑

하얀 진주 덮어쓰고
고추냉이 매콤함과

초 생강 상큼함이
염교랑 어울리고

노란 옷 단장하고
허리 굽어 나온 새우
코끝을 자극하네.

알바트로스

태평양 거친 파도
조그만 섬 이즈제도

긴 날개 펼쳐 들고
높은 하늘 날고 있는
바닷새 알바트로스

백색 얼음 거친 바람
베링해 알래스카
긴 나래 펼치며 한껏
뽐내고

파 파이브 티샷은
알버트로스 날갯짓에
멋지게 날아가네.

세컨드 샷 삼 번 우드
백색 볼 비행하며
홀컵에 안착하는
멋진 새 알바트로스

알바트로스 울음소리
홀컵에서 울리고
오로라 춤추듯
푸른 잔디 걷고 있네.

풍등

풍등을 높이 날리자
화려한 풍등보다는
소박한 우리 사랑을

여러 개 풍등보다는
우리 둘만의
단 하나 예쁜 풍등을

별보다 달보다 높이 올라
바람에 흔들리지
않도록

우리 사랑 풍등을
하늘 높이 날리자

별만큼 달만큼 높이 올라
우리 사랑 변치 않도록
풍등을 높이 높이 날리자.

빈 깡통

캄캄한 깡통 속은 알 수 없네

조용하게 앉아 있는
빈 깡통 속 궁금하네

안타까운 마음에
구슬 하나 넣어주니

그것이 최고인 양
소리내기 시작하네.

텅 빈 속 그대로면
시끄럽지 않을 진 데

깡통 속에 구슬 하나
세상에 최고인 듯

소리 내서 뛰는 모습
경망하기 그지없네!

월출산 주지봉 간첩 사건

　이 글을 쓰면서 주지봉 간첩 사건이 지금도 그 시간에 있는 듯한 아름다운 추억이다.

　지금부터 약 53년 전 일어났던 사건을 사실을 근거로 썼으며 그 당시에는 어린 나이에 일어난 일이기에 하나에 큰 사건이 아닐 수가 없었다.

　지금 생각해보면 너무 재미있었고 아름답고 좋은 추억이다.

　그러니까 지금부터 53년 전 가을 이야기이다.

　아득하게 어린 시절 죽마고우 친구들과 우리도 동네 형들처럼 월출산 주지봉으로 등산을 가자고 작당하고 철저한 준비에 들어간다. 지금 생각하면 허접하기 짝이 없지만 그래도 그때는 기세등등하게 개폼은 다잡고 내심 철저하게 준비한다고 친구끼리 준비물 분담했다.

　영호 친구는 식량을 준비하고, 철생이는 빈손으로 선호는 김치를 강현이는 고구마를, 지금은 볼 수 없는 친구 용주는 밥해 먹기 위해 석유 기름을, 판회는 보물 1호 바닥이 새까맣게 그을린 솥단지를 머리에 쓰고, 깔고 자야 한다고 짚단 두 묶음을 양손에 들고, 양우는 덮고 잘 이불과 밥그릇을 준비하고, 허접하기 짝이 없는 준비물로 의기양양 보란 듯이 월출산 주지봉으로 콧노래 부르며 날아갈 듯한 기분으로 순조롭게 출발했다.

그렇게 좋을 수가 이 순간 이보다 더 멋질 수는 없었다. 모든 것들이 새롭게 보이고 그렇게 재미있을 수가 콧노래 부르며 의기양양하게 주지봉을 향해 올라간다.

배척골 고개 넘어 며느리 귀신 나온다는 정말 무섭고 평소에는 근처도 못 가 본 며느리 방죽 친구끼리 가는 길이 뭐가 무섭겠는가. 가볍게 웃으면서 지나고, 깊은 다리 저수지 지나 주지봉 중간쯤 지나가던 중 아차 생각난 것이 있다.

일 났다.

밥도 하고 불도 피고 해야 할 텐데 성냥을 가져오지 않았다는 것이다. 성냥은 미처 생각하지 못하고 배정에도 없는 품목이다. 우리 준비물 중 하나같이 다 중요하지만, 성냥이 있어야 뭘 할 것인데 큰일이다. 주지봉 중간쯤인데 누가 다시 갔다 와야 하는데 일 났다.

모여라 친구들.

공평하게 가위바위보 해서 꼴등 한 친구가 갔다 오기로 하자.

"됐냐?" "됐다!"

힘들게 갔다 오지 않으려면 무조건 이겨야 한다.

"가위바위보, 가위바위보~"

제일 먼저 강현이와 용주도 이겨서 나가고 다시 가위바위보. 선호, 영호, 판회까지 점점 나는 불안해지고 나와 철생이뿐이다. 무조건 내가 이겨야 된다. 가위바위보! 나는 주먹, 철생이는 보. 이것은 현실이다.

일곱 명 중에 내가 아니 이럴 수가 내가 아니길 그토록 바라던 기대가 나로 바뀌는 순간 머리가 복잡했다. 빠져나갈 방법은 없다 가기는 싫고 이럴 수가 단 한 가지 방법은 우리 아버지는 담배를 피우시지 않으셔서 라이터나 작은 성냥이 없다고 궁색한 변명을 했다. 부엌에 큰 성냥갑은 있지만 큰 거라서 가져오다 엄마한테 들키면 맞아 죽는다.(사실 라이터나 작은 각 성냥은 집에 없다)

담배 피우시는 아버지 계시는 집 영호가 가야 한다고 빽빽 우긴다. 성냥이 집에 없다는데 어찌할 거나.

영호야 미안하다.

다행히 마음 착한 영호가 다녀오기로 하고 우리는 힘들게 주지봉 정상으로 향한다. 정상에 올라 아메 사탕(둥그런 사탕) 하나씩 물고 높은 가을하늘, 몽해 뜰, 십 리 방죽, 학파 농장, 사방팔방 돌아보고 세상이 우리 것인 듯, 목청껏 야~호도 불러보고 기분 좋은 메아리 소리 뒤로하고 주지봉 아래 바위 동굴 일명 베틀 굴이다.

이 동굴은 옛날에 선비가 바위 동굴에서 베를 짰다는 전설로 베틀 동굴이라고 한다, 콧노래와 함께 베틀 굴로 향했다. 여기가 오늘 우리 숙소다 텐트가 없으니 조그만 바위굴을 숙소로 정한 것이다.

베틀 굴에 바람 들어오지 않도록 양쪽 입구를 나뭇가지로 막으니 제법 아늑하게 잠자리를 만들고 볏짚과 나뭇가지 등을 깔고 잠자리를 만드는 중 영호가 기다리는 성냥을 가져왔다.

가져온 짚단과 나뭇가지로 불을 피워 솥단지에 밥을 하고 고구마를 찌기로 했다 고구마가 익을 때쯤 용주의 불장난으로 불이 나서 난리 났다.

겨우 불을 끄고 보니 판회 친구 머리카락이 많이 타버렸고, 용주는 눈썹을 태우고, 굴 한쪽 입구는 새까맣게 타 버린 사고

가 발생해서 콧구멍들은 새까맣게 그슬렸지만 그래도 웃고 있는 영호 얼굴에는 하얀 이만 보인다. 그래도 큰 화상은 없어 다행이다.

대충 불은 진화했지만, 숙소가 엉망이다. 예측하지 못한 화재로 인하여 저녁은 대충 먹을 수밖에 없었지만, 그래도 웃고 떠들고 재미있었다. 특히 머리카락이 타 버린 판회가 더 우습다.

저녁을 먹고 나서 늦은 밤까지 별도 보고 달도 보며 노래하고 이야기하고 떠들고 웃고 놀다 늦은 밤잠이 들었다.

사건은 여기부터다.

그 시절에는 간첩 사건이 빈번하고 거리마다 '반공 방첩 다시 보자.', '간첩인지 살펴보자 간첩 신고.', '간첩 신고 상금 백만 원' 등 표어가 여기저기 여러 곳에 붙어 있고 상금과 상품에 눈이 멀어 수상 한 사람 처음 본 사람이면 이유 불문 신고하는 우리 동네 신고 왕 최용필 선배. 누구든지 본인 생각에 이상하다 싶으면 무조건 신고한다.

요즘 말로 신고 파파라치 정도 될 듯 그러면 지서장(파출소)은 투철한 신고 정신 높이 평가하고 연필 공책 필통을 선물로 준다. 최용필 선배는 지금 생각하면 간첩보다는 선물이 욕심난 듯하다.

그리고 당시에 이승복 어린이 '나는 공산당이 싫어요!' 그 한마디에 입이 찢기고 죽음을 당한 이승복 사건이 발생했고, 반공 방첩 교육이 한창이고 간첩 소리만 들어도 오금이 저리고 소스라치게 놀랄 정도니까 깊은 산중이기에 두렵고 무섭기도 하지만 호랑이도 잡을 것 같은 기세로 늦도록 재미나는 얘기 하고 놀다 늦게 잠을 자고 있던 중 새벽에 사건이 일어났다.

아~니 도대체 이게 무슨 소린가?

"강 동무 강 동무는 저쪽 입구를 막으라~우 김 동무는 이쪽으로 쳐들어 가라우야 이 간나 쌔끼들."

하늘이 무너지고 청천벽력 같은 소리 아닌가 이런 일은 세상에 있어서는 안 될 일이다.

동무라는 단어는 간첩 외에는 쓰는 말이 아니라서 동무 소리에 오금이 저리고 간첩이 왔다면 죽임당하기 일보 직전인 상황 아닌가? 난 그냥 죽은 척 머리를 짚단에 처박고 양쪽 귀를 막고 미리 죽은 척하고 있었지만 무섭기 한이 없었다.

그래도 궁금해서 실눈 뜨고 귀는 조금 열어두고 있었다. 그러던 중

"동무 너 이리 나오라 우야 이건 또 무슨 목소린가 아이고 한 번만 살려주세요."

울먹인 목소리다. 이 목소리는 분명 선호 목소리다. 사실 이 친구는 평소 겁이 엄청 많은 겁보 친구다. 첫 번째 죽을 친구는 선호로 일단 결정된 듯하다.

선호는 살려 달라고 울며 빌며 애원과 함께 가지고 온 먹을거리를 전부 배고픈 간첩에게 주겠다고 싹싹 빌고 쌀도 여기 있고 고구마도 있다고 전부 내놓고 무릎 꿇고 울면서 빌고 있다.

이 사건은 현실이다.

목숨만 살려주면 라면도 주겠다고 한다. 이 목소리는 영호가 아닌가. 그 당시 라면은 특식 중에 특식이고 준비물에 전혀 없는 품목이다. 그런데 귀한 라면이 나온다. 최고의 특식 라면이라면 간첩 마음도 흔들릴 법도 하다.

이런 젠장 저 혼자 살겠다고 결정적인 히든카드를 꺼내다니,

라면으로 혼자 살겠다는 것인지 머리 복잡하지만 다른 생각할 겨를이 없다.

머리는 땅에 박고 손바닥 닳도록 비는 방법이 최고의 방법이다. 정말 큰일이다 깜깜한 산중에 환하게 햇불이 밝혀지고 동굴 입구 쪽으로 햇불을 비춘다.

"최 동무 동굴에 불을 지르라. 우야 이것 또 무슨 소리야?"

"전부 태워 죽이라~우."

이건 보통 일이 아니다. 이렇게 죽는구나. 빨리 도망가야 한다. 그리고 또 다른 햇불을 켠다. 이러다간 꼼짝없이 불에 타죽을 신세다. 요즘 말로 꼼짝없는 통닭구이 신세인 것이다.

그러던 중 북쪽 입구로 후다닥 도망치다 용주는 잡혀서 몇 대 맞은 듯했다.

잘못했다고 울며 소리 지른다. 나도 도망은 가야 하는데 도망갈 수 없으니 그냥 죽은 척 구석지에 머리 박고 양손으로 귀 막고 있는 게 가장 좋은 방법이다. 하지만 굴밖에 상황이 궁금하여 한쪽 귀는 쪼끔 항상 열어 뒀다.

"동무들 여기서 가까운 지서(파출소)가 어디 메야?"

신고하면 전부 죽인단다.

"네네."

제일 겁 많은 선호 목소리다. 지서가 너무 멀어서 신고하려 해도 못 간다고 한다.(사실은 가까운 거리다)

선호는 기발한 거짓말을 한다. 그리고 햇불은 밝아지고 불을 지를 것 같은데 다른 방법이 없다. 일단 도망가기로 결정하고 북쪽 입구로 나가다가 나도 목덜미를 잡혔다. 나도 꼼짝없이 잡혀서 끌려갔다.

"이 새끼 동무 이리 오라우."

나는 잡혀가서 뒤통수 몇 대 얻어터지고 힐끔 쳐다보니, 친구들 줄줄이 무릎 꿇고 고개 숙인 채 살려 달라고 두 손을 싹싹 빌고 있다.

아니 이건 또 누구야? 힐끔 쳐다보니 키가 큰 강현이가 횃불 든 채로 머리는 땅을 보고 숙인 채 횃불을 들고 있다. 이런 상황에서 요즘 말로 최고 좋은 보직이다 부러움도 있지만, 생사의 갈림길에서 다른 생각할 겨를이 없다.

"이 새끼 동무, 동무 나이 몇 살이야?" "11살입니다."

용주가 나이를 줄여서 대답한다. 나이 어리다고 하면 요즘 말로 정상 참작될 줄 알고 기발한 생각인듯하다.

그러나 같이 죽는 신세니 우린 한날 한시에 제삿날이다. 그러던 중 간첩을 힐끔 쳐다보다 판회는 쳐다봤다고 또 한대 얻어터진다.

키도 엄청 크고 건장한 간첩들 손에 빠져나갈 방법은 전혀 없고, 우리 목숨은 간첩의 손에 달려 있어 다른 방법은 있을 수 없었다.

목숨만 부지할 수 있다면…….

여기저기서 한 번만 살려 주세요 살려 주세요~

두 손바닥 싹싹 빌면서 무서워서 쳐다보지도 못하고 간첩 얼굴 힐끔 한번 쳐다보다 들키면 얻어터진다. 생사기로에서 우리는 꼼짝없이 북한으로 끌려가든 여기서 죽을 수밖에 없는 신세다.

그 당시 이승복 어린이 봐라.

"나는 공산당이 싫어요!" 말 한마디에 입이 찢기고 칼에 찔려서 죽었기에 무서울 수밖에 없었다.

철생이는 "간첩님 간첩님 한 번만 살려주세요~" 애걸하고 아니 이건 또 무슨 소리?

"처~얼 생아~~ 철생아."

급한 목소리가 아닌가?

철생이 어머님 목소리이다. 이런 또 무슨 날벼락인가?

간첩한테 인질로 철생이 어머님까지 잡혀 오신 것이다. 이럴 때에는 무조건 큰 소리로 우는 방법 외엔 다른 방법이 없다. 선호 친구를 필두로 큰소리 내서 울기 시작하고 총(그 당시 고등학교 교련시간에 총모형 목총이 있었다) 들고 횃불 들고 어머님을 인질로 또 다른 간첩과 같이 모여 오는데 이 사건은 보통 사건이 아니다. 우리는 이제 북으로 끌려가든지 아니면 영락없이 죽음을 면하지 못할 것 같았다.

머릿속이 복잡하고 죽을 맛이다. 오금이 저리고 이렇게 무서울 수가. 친구들하고 몇 년 살지도 않았지만, 세상 태어나 기분 좋게 처음 등산 와서 간첩에게 죽는다니 죽는 것도 무섭지만 간첩이 사실 더 무서웠다.

또 여기서 반전이 온다.

"동무들 전부 고개 들라우. 그리고 깐나 새끼 동무들 우리를 똑바로 보라우야."

무서워서 자세하게 볼 수는 없지만, 아니 이럴 수가 간첩들은 많이 본 듯한 얼굴이다.

남송정 마을 동네 형들이 아닌가. 그 순간 또 다른 생각이 들고 간첩에 포섭돼 우리를 북으로 끌고 갈려고 그러는가 머릿속이 복잡하다.

그때 구세주는 철생이 어머님이시다.

이놈들아 이 깊은 산중에 짐승에게 물리지 않을까 뱀에 물리지 않을까 걱정되어 동네 청년들 앞장세워 오셨단다. 그리고 다시는 이런 위험한 행동을 못 하게 놀래켜 주고 또다시 위험한 산행을 못 하도록 동네 형들과 짜고 한 연극이란다.

아~이고 우리는 살았다. 이 사실은 악몽이고 잠깐 사이에 살았다는 안도감과 기쁨에 울음이 나온다.

잠깐 사이에 희비가 이렇게 크게 엇갈릴 수가!

가~자 집으로 판회야 솥단지 챙겨라. 모든 것을 챙겨 메고 들고 집으로 향한다. 밤길에 횃불 들고 조심조심 집에 도착하니 걱정 많은 동네 어머님들께서 산 사나이 왔다고 얼굴 좀 보여 달라고 하신다.

이렇게 편하고 아늑하고 집이 이렇게 좋을 수가. 다행이다.

죽음을 면하고 북으로 끌려가지도 않고 한밤중 간첩 사건이 이렇게 끝났으니, 살아서 돌아와서 좋기도 하고 영호 어머님이 해주신 하얀 쌀밥에 고구마 동치미에 배불리 먹고 살아서 돌아왔다는 안도감에 편하게 잠이 든다.

죽마고우 친구들하고 지금도 그때 추억이 지금도 머릿속에 생생하다.

친구야 고맙다 그리고 보고 싶다.

간첩 사건 친구들.

발문

조양우의 〈내 마음 항상 그곳에〉

조 수 웅

- 문학박사 · 소설가 · 문학평론가

조양우의 〈내 마음 항상 그곳에〉

조 수 웅
(문학박사·소설가·문학평론가)

　조양우 시집 『내 마음 항상 그곳에』는 5부(1부: 23, 2부: 28, 3부 25, 4부: 27, 5부: 28)로 나뉘어 총 131편의 시가 게재되어 있다. 이를 일별해보면 이 세상 사물에는 '꿈, 의식 등의 원시적 형태 속에 일반적이고 보편적인 생각, 성격, 행위, 대상, 관례, 사건, 배경 등이 들어 있다고 보고, 이를 인류의 원형적 패턴으로 삼아 그것들을 시 속에서 통시적으로 찾아내고자 하는 태도'가 엿보인다. 그래서 조양우 시집 『내 마음 항상 그곳에』를 신화·원형비평 방법으로 분석해 보고자한다.

　신화·원형비평은 신화의 원형을 문학작품 안에서 찾아내고, 그것이 작가들에 의해 어떻게 재현되고 재창조되어 있는가를 탐구하는 방법이다. 그래서 보디킨(Bodikin, Maud)이나 프라이(Frye, Northrop) 같은 신화비평가들은 신화는 언제나 원형을 유지하면서 문학작품에 재현된다고 믿으며, 위대한 작품은 신화의 원형으로 복귀하려는 경향을 가지고 있다고 주장한다.

　이러한 주장을 바탕삼아 조양우 시인의 「운주사 가면」을 이해하고 감상해보자.

　운주사 돌다보면
　기다란 목 빼어 들고 하늘 보려는 듯
　빨갛게 화장한 꽃무릇도

봄바람에 흔들리며
예쁘게 손짓하는 홍단풍도
눈길 한번 주지 않고

별을 보며 땅을 업고 누운
운주사 미륵 와불
천년만년 변함없이
인간사 근심·걱정 털어주고

도솔천 칠성바위에
욕심 많은 소원성취 빌려다
부끄러워 말 못하니
깨달음이 깊었나 보다.

- 〈운주사 가면〉 전문

　단순함이 복잡함으로 바뀌는 것이 문명의 발달이라면, 삼원색
의 세계가 수많은 간색의 세계로 변하는 것이 또한 문명의 발
달이다. 위 시에서 '도솔천 칠성바위에/욕심 많은 소원성취 빌
려다/부끄러워 말 못하니/깨달음이 깊었나 보다.'라는 구절은 인
간들이 간색으로 가면을 씀으로서 자신을 숨기며 살아가게 되
었음을 뒤늦게라도 깨달았음을 의미한 것으로 보여진다. 태초에
'아담'과 '이브'는 알몸으로 살았는데 나뭇잎으로 아랫도리를 가
리기 시작한 것이 문명으로 가는 첫걸음이요, 그것은 동시에 인
간이 자신들을 위장한 시초가 되었다는 것이다. '별을 보며 땅
을 업고 누운/운주사 미륵 와불/천년만년 변함없이/인간사 근
심·걱정 털어주고'라는 구절을 보면 문명의 발달은 인간에게
편안한 삶을 준 반면에 그의 진실을 감추게 했다는 것을 말하

고 싶은 듯하다.

이런 관점에서 보면 조양우의 「내 마음 항상 그곳에」는 문명 이전의 원시세계, 즉 간색을 발견하기 전의 원색 세계인 것이 분명하다. 특히 「운주사 가면」에서 '별을 보며 땅을 업고 누운/ 운주사 미륵 와불'을 음미하면 신을 의식하는 등, 눈에 보이는 사물에서 절대자를 발견하는 태도는 현대 문명인이 아니라, 아무런 가식이 없는 순수한 원시인의 눈이 분명하다

내일을 기다리는
오늘은 설레는 날

내일을 그려보는
오늘은 상상 속에
그림을 그리는 날

내일이 오늘이 되면
설렘은 현실이 되고

무지개다리 건너
꽃피는 미지의 세계
가슴 다독이며 나는 간다.

- 〈설레는 날〉 전문

신화·원형 비평가들은 신화를 모든 문학의 어머니라고 생각한다. 이런 생각에 결정적 영향을 끼친 사람이 프레이저(James George Frazer, 1854-1941 영국의 민속학자·인류학자·고전학자)이다. 그의 말을 조시인의 〈설레는 날〉에 대입해 보면, 모든 신화·의식들은

감추어진 '내일이 오늘이 되면/설렘은 현실이 되고/무지개다리 건너/꽃피는 미지의 세계/가슴 다독이며 나는 간다.'는 것을 알 수 있다. 그러니까 설렘은 현실이 되어 무지개다리 건너 꽃피는 미지의 세계'를 상징하면서 풍요로운 삶을 비는 의식으로 볼 수 있다고 설명된다. 이러한 설명은 독자들로 하여금 새로운 시로 받아들여질 수 있으며 그래서 신화에 대한 애착을 갖게 되고, 신화 풀이에 적극적인 근거와 정당성도 마련할 수 있게 한다.

다 아는 바대로 시는 머리를 써서 가르치고 배우는 게 아니라 가슴으로 이해하고 감상하는 것이다. 우리가 사랑을 가르치고 배울 수 없듯, 제아무리 큰 백화점이라 할지라도 '평화'라는 상품을 팔지 않듯, 시는 결국 독자가 시에 들어 있는 작가의 신화·의식과 몸부림치면서 터득하고 느껴야 하는 것이다. 그렇다면 어떻게 터득하고 느낄 것인가? 여기서 조양우 시인의 「당신을 만나서」를 신화·원형의 비평 방법을 통해 이해하고 감상해보자.

당신과 같이 인생길
함께 걸을 수 있어
행복합니다

봄바람에 꽃길을 함께
걸을 수 있어 즐겁고

한여름 흘린 땀 닦아주며
그늘 찾아 쉴 수 있어
감사합니다

가을은 가을대로

겨울은 겨울대로
필요한 것 챙겨주니
고마운 사람입니다.

- 〈당신을 만나서〉 전문

　〈당신을 만나서〉를 억지로 머리로 읽으려 하지 말고 시가 상
징하는 신화의식의 원형을 가슴으로 읽어보자. 다시 말해서 지
적으로 따져서 수학 문제를 풀듯이 알려고 하기보다 우선 전체
적으로 작가가 상징하는 바를 느껴야 한다는 것이다. '가을은
가을대로/겨울은 겨울대로/필요한 것 챙겨주니/고마운 사람입니
다.'라는 구절은 '필요한 것을 챙겨주니 마치 고마운 사람과 같
다.'라고 분석하여 알려고 하지 말고 '어쩐지 마음에 무슨 원형
같은 것이 번져온다', '뭐라고 설명하기 어렵지만 이 시의 핵심
에 신화가 본질적으로 숨어 있음을 발견해낸 것 같다'라는 느낌
이 중요하다. 이 느낌이 있어야 그 시를 80 퍼센트 정도 알았
다고 할 수 있다. 미술, 음악, 문학 같은 예술에 있어서는 머리
로 아는 것보다 느낌으로, 몸으로 아는 것이 더 중요하다.

때르릉 때르릉 목청껏
아침 일찍 자명종이
나를 깨운다

삼십 년 넘게 들어온
매일 그 시간 자명종 소리
때르릉 때르릉

오늘부터 울지 마라
일어나서 갈 곳 없어

새벽 시간 필요 없다

자고 있어도
누워있어도
일어나지 않아도 괜찮아

오늘부터 울지 마라
시원하고 섭섭하지만
낼 아침에 또
그 소리 기다릴지 모르지만

오늘 아침 갈 곳이 없어도
오늘부터 새롭게 시작한다
정년퇴임 다음 날.

- 〈정년퇴임 다음날 1〉 전문

　「정년퇴임 다음날 1」를 읽고 앞에서 언급한 대로 '어쩐지 마음에 원형 같은 것이 번져온다', '뭐라고 설명하기 어렵지만 이 시의 핵심에 인간으로써는 어쩌지 못하는 것(신화)이 본질적으로 숨어 있음을 발견해낸 것 같다'라는 느낌을 받았다면, 그 다음은 차차 지적인 이해가 더해진다면 좋은 일이고 가능한 한 그렇게 되도록 노력할 필요는 있다. 위 시에서 '때르릉 때르릉 목청껏/아침 일찍 자명종이/나를 깨운다//삼십 년 넘게 들어온/매일 그 시간 자명종 소리/때르릉 때르릉//오늘부터 울지 마라/일어나서 갈 곳 없어/새벽 시간 필요 없다'라는 구절을 보면, 마지막 부분에서 '일어나서 갈 곳 없어' 이제는 '새벽 시간 필요 없다'는 일종의 숙명론이다. 왜냐하면 여기에는 합리적 사고방

식으로 잘라 말할 수 없는 어떤 평생 다니던 직장에 대한 숙명이 있기 때문이다. 이러한 숙명은 다른 작품에서도 마찬가지인 것으로 보인다. 우리는 사람들을 남김없이 다 알지 못하면서도 서로 사랑하며 어울리어 살아가고, 그러는 동안 더 잘 이해하게 된다. 「정년퇴임 다음날 1」도 이와 같다. 살아가면서 조금씩 정년퇴임했음을 인식하고 그래서 더 좋은 인생 2막을 발견하게 된다는 것은 얼마나 자연스러운 일인가?

두꺼운 나무껍질
틈새로 바깥세상
구경하는 어린 새싹

바람에 꺾일세라
빗방울에 다칠세라

수줍어 고개 내민
초록색 어린 새싹

자란 잎 그늘 되어
시원한 쉼터 되고

가을엔 단풍으로
아름다움 뽐내더니

겨울 찬바람에
모퉁이 양지 쪽에 모여들어
옛이야기 책을 읽는다.

- 〈여린 새싹이〉 전문

신화·원형비평을 보다 쉽게 이해하기 위해, 캠블의 갓부화된 병아리 생태 관찰과 조양우 시 「여린 새싹이」를 비교해 가며 살펴보자.

달걀에서 부화돼 아직 꼬리에 달걀껍질이 달린 병아리가 자기 머리 위로 한 마리의 매가 날아가자 놀래 곧 자기 몸을 달걀 속으로 감추었지만, 다른 새들이 머리 위로 날아갔을 때는 놀래지 않음을 캠블이 관찰한 것이다. 이는 '바람에 꺾일세라/빗방울에 다칠세라//수줍어 고개 내민/초록색 여린 새싹' 즉 초록색 여린 새싹이 봄이 되자 비바람에 아랑곳 하지 않고 수줍어 고개 내민 구절과 비교된다.

캠블에 의하면, 그 현상이 하도 신기해 나무로 매의 모형을 만들어 철사줄을 이용하여 병아리 머리 위로 내밀자 병아리들은 또 다시 질겁하며 도망 쳤지만 모형을 치우자 다시 평온한 상태로 갔다고 한다. 그러나 갈매기, 오리, 왜가리, 비둘기 등 다른 새들이 머리 위로 날을 때는 아무런 반응이 없었다고 한다. 마찬가지로 조양우의 시 「여린 새싹이」에서도 '자란 잎 그늘 되어/시원한 쉼터 되고/가을엔 단풍으로/아름다움 뽐내더니//겨울 찬바람에/모퉁이 양지 쪽에 모여들어/옛이야기 책을 읽는다.'처럼 철사줄 모형을 피하듯 여름 쉼터, 가을 단풍을 거쳐 겨울 찬바람을 견뎌 모퉁이 양지 쪽에 모여들어 여린 새싹이 돋운다. 이는 인류학(진화 생물학적)의 견지에서 볼 때 병아리가 매의 무서움을 전혀 경험하지 못했음에도 병아리의 조상들이 원시 때부터 경험한 것들을 유전시켜 반응을 일으킨 경우와 같다고 할 수 있다. 여린 새싹 역시 4계절을 공시적으로 따라가 봄이 되니 피어나는 것이기에 말이다.

이처럼 인간에게도, 여린 새싹에게도 원시시대부터 조상의 경험들이 무의식적으로 또는 유전인자로 인간과 식물의 본능에

존재해 있어, 그것들이 아주 불가사의한 힘으로 극적이며 보편적인 반응을 일으킨다는 것이다. 위에서 비교해본 대로 그것들을 시의 어떤 형태 속에서 찾아보는 것이 바로 신화·원형비평이다. 따라서 신화·원형비평은 작가가 작품구조라는 철사줄을 독자에게 내밀어 주는 소위 '나무로 만든 매'와 같은, 또는 겨울 찬바람을 이긴 「여린 새싹이」과 같은 원형적 패턴을 심층에서 찾아 그것들이 독자에게 공감적 반응을 어떻게 주고 있는가를 살피는 것이다.

이와 같은 신화·원형비평의 근본 수단은 실험적이며 진단적인 것으로 생물학에 연관된 심리학과 철학, 종교학, 인류학, 문화사 등에 연관된 신화학이라고 볼 수 있다. 또 칼 융이 제창한 집단적 무의식론이 신화와 문학을 연관시켜 신화·원형비평에 대한 기초를 제공했다고 볼 수 있다.

그런 면에서 이상과 같이 조양우의 『내 마음 항상 그곳에』를 통해, 시·공적으로 광범위하게 퍼져 있는 많은 신화들을 살펴본 결과, 동기나 주제가 다 비슷하다는 것을 알 수 있다. 따라서 여러 민족의 신화 속에 반복되는 공통적 이미지로 추출할 수 있다는 것이다. 그래서 유사한 인류 문화의 기능을 보여주는 경우가 많다. 가령, 로마신화에서의 태양은 아폴로적 남성이며 달은 디아나적 여성이고, 지금도 서구적 문학, 특히 시에서는 그런 이미지들로 태양과 달은 상징적 기능을 반복하는데, 한국의 신화에서 오빠는 하늘에 가서 해가 되고 누이는 달이 됐다고 한 것과 조양우 시인과 같이 한국 시인들이 해와 달에 대한 전통적 이미지를 반복하는 것이 매우 비슷하다. 이러한 상징적 보편성과 일반성의 모티브와 이미지들이 원형이라고 보고, 이를 중시하는 연구를 신화·원형비평이라 한다.

따라서 이 비평은 조양우의 『내 마음 항상 그곳에』를 고찰하여, 학문의 많은 범위를 포괄하고, 인간의 본성과 인간의 형편 전체에 걸치는 조망을 제공하며, 많은 재료들이 신화라는 형태로 극치에 도달한다는 것을 증명해 보임으로써, 문학이 다른 예술을 앞지른다는 확신을 가지고 있는 연구방법이다. 여기서 한 가지 주의할 것은 많은 곳에 자리를 뻗고 있다고 해서 절충주의라고 느껴서는 안 된다. 왜냐하면 위의 조양우 시집 『내 마음 항상 그곳에』의 분석에서 본 바대로 신화·원형비평은 테크닉에서는 다원론자이지만, 신념에서는 일원론자로서 다른 이해 방법의 접근법을 자신의 목적에 맞게 돌려쓰기 때문이다.

내 마음 항상 그곳에 – 조양우 시집

초판 1쇄 찍은 날 | 2022년 11월 02일
초판 1쇄 펴낸 날 | 2022년 11월 09일

지은이 | 조 양 우
펴낸이 | 최 봉 석
디자인 | 정 일 기

펴낸곳 | 동산문학사
출판 등록 | 제611-82-66472호
주소 | 광주광역시 남구 대남대로 340, 4층(월산동)
전화 | (062)233-0803
팩스 | (062)233-0806
이메일 | dsmunhak@hanmail.net

값 12,000원

ISBN 979-11-88958-63-4 03810